AF766068

एक रुक्नी अनूठी ग़ज़लें

संकलन व संपादनः
रमेश 'कँवल'

Anybook

Published By

Anybook

Cell : 9971698930

E-mail : contactanybook@gmail.com

Website : www.anybook.org

First published by Anybook in 2022

Cover Design & Typesetting by Anybook

ISBN : 978-93-91571-13-9

स्कूल के दिनों (1966) के मित्रों

श्री कमलेश कुमार शर्मा

डॉ. शशि मोहन उपाध्याय

और

स्मृतिशेष मोहन लाल तिवारी

के नाम

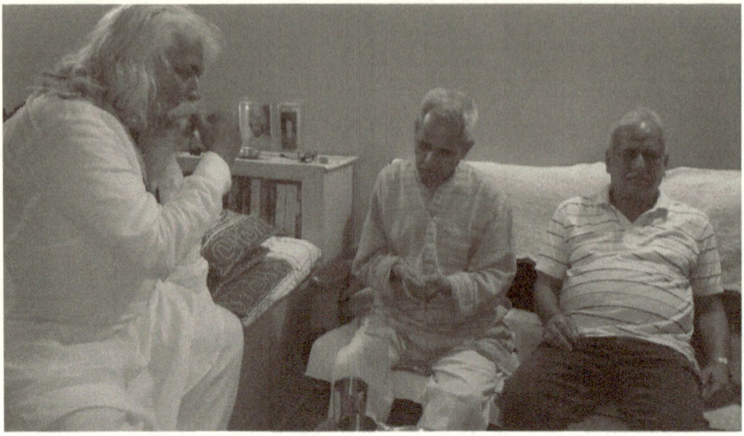

स्मृतिशेष मोहन लाल तिवारी (स्वामी जीवन साजिद)
डॉ. शशिमोहन उपाध्याय और श्री कमलेश कुमार शर्मा (सोफ़ा पर)

बायें से श्रीमती कृष्णा तिवारी (पति स्मृतिशेष मोहन लाल तिवारी)
इन्द्रावती शर्मा (पति श्री कमलेश कुमार शर्मा)
स्मृतिशेष निर्मला उपाध्याय (पति डॉ. शशिमोहन उपाध्याय) और
श्रीमती मंजु प्रसाद (पति श्री रमेश प्रसाद)

अनूठी ग़ज़लें

- रमेश 'कँवल'

ग़ज़ल की दुनिया ख़्वाबों की दुनिया से भी ज़्यादा फैली हुई है। कोई ग़ज़ल छोटी बहर में है तो कोई बड़ी बहर में है। 2 रुक्न से लेकर 16 -16 रुक्न तक की ग़ज़लें कही गयी हैं। लेकिन एक रुक्न की ग़ज़लें इक्का-दुक्का ही देखने में आती हैं। जी में आया क्यों नहीं मात्र एक रुक्नी ग़ज़लों का ही एक ग़ज़ल संग्रह मंज़रे-आम पर लाया जाय । लिहाज़ा दोस्तों से गुज़ारिश की । कुछ दोस्तों ने प्रोत्साहित करने में आनाकानी की तो कुछ ने मेरी हौसला अफ़ज़ाई की और देखते ही देखते 150-200 ग़ज़लें व्हाट्सअप और मेल पर दस्तक देने लगीं ।

एक रुक्नी ग़ज़लें कहना आसान नहीं । एक रुक्न के दो मिसरों (शे'र) में पूरी बात कहना बहुत मुश्किल फ़न है। लगता है बात आधी अधूरी रह गयी । इस ग़ज़ल संग्रह के बेशतर शायरों ने एक रुक्न में भी बेहतरीन अशआर तलाश कर लिए हैं।

इस ग़ज़ल संग्रह के लिए 7 बहरों का इन्तख़ाब किया गया । मुतदारिक, मुतक़ारिब, रमल, हजज़, रजज़, कामिल और वाफ़िर। आधे से ज़्यादा ग़ज़लकारों ने सातों अर्कान पर ख़ूबसूरत ग़ज़लें कही हैं तो कुछ शायर एक-दो रुक्न में ही अनूठी ग़ज़लें भेज सके ।

आइये इन अनूठी एक रुक्नी ग़ज़लों का लुत्फ़ उठाइये; रसास्वादन कीजिए और मुझे अपनी गिरांक़द्र राय से नवाज़ने की इनायत करिए ।

पटना,

2 जून,2022

स्नेहाकांक्षी

रमेश 'कँवल

मृदुभाष : 878 976 1287

एक रुक्नी अनूठी ग़ज़लें

- डॉ. ब्रह्मजीत गौतम

बज़्म-ए-हफ़ीज़ बनारसी, पटना के चेयर पर्सन श्री रमेश 'कँवल' एक ऐसी शख़्सियत का नाम है, जिसे दीवानगी की हद तक ग़ज़ल से महब्बत है। ग़ज़ल की सेहत और शोहरत के लिए वे दिलो-जान से व्यस्त रहते हैं और हर समय कुछ न कुछ नया तथा ऐतिहासिक महत्त्व का काम करने की योजना बनाते रहते हैं। ग़ज़ल के प्रति उनकी इसी निष्ठा और लगाव के कारण विगत तीन वर्षों से मैं उनसे जुड़ा हुआ हूँ। दो वर्ष पहले वे 'सन् 2020 की नुमाइंदा ग़ज़लें' लेकर मंज़रे-आम पर आये थे। 342 पृष्ठों के इस संकलन में देश के 124 ग़ज़लकारों की ग़ज़लों को स्थान मिला, जिसे अदब की दुनिया में बेहद पसंद किया गया। गत वर्ष उन्होंने एक क़दम और आगे बढ़ाया, जब वे 'इक्कीसवीं सदी के इक्कीसवें साल की बेहतरीन ग़ज़लें' लेकर उपस्थित हुए। 536 पृष्ठों के इस संकलन में ग़ज़ल और उसके अरूज़ पर केंद्रित कुछ ज्ञानवर्धक आलेख और ग़ज़ल की चार सालिम बहरों पर बेहतरीन ग़ज़लें तो हैं ही, सम्मिलित ग़ज़लकारों के रंगीन छायाचित्र, वैवाहिक तिथि अंकित करते हुए उनके जीवनसाथी के अलग से चित्र, जीवनसाथी को समर्पित एक-दो रूमानी शे'र, 'यादें' के रूप में विगत दिनों बिछुड़े हुए कुछ साथियों की ग़ज़लें, 'धरोहर' के रूप में कुछ पुराने ग़ज़लकारों की ग़ज़लें और मशहूर फ़िल्मी गानों के मुखड़े भी दिये गये हैं, जो संकलन में समाहित सालिम बहरों पर केंद्रित हैं। अंत में सभी शाइरों की जन्मतिथि-सूची तथा आभार-प्रदर्शन की सूची अंकित है।

और इस बार अर्थात् सन् 2022 में तो उन्होंने ऐसा करिश्मा किया है, जिसके बारे में कल्पना करना कठिन है। एक ही रुक्न पर ग़ज़ल कहने के विषय में हम कभी-कभी सुनते तो रहे हैं, कभी कोई ग़ज़ल पढ़ने में भी आयी होगी, किन्तु ग़ज़ल के सात मूल रुक्नों पर ग़ज़ल-संकलन निकालना निस्संदेह किसी विस्मय से कम नहीं। 'अनूठी ग़ज़लें' शीर्षक से प्रकाशित इस संकलन में रमल (फ़ाइलातुन-SISS), मुतदारिक (फ़ाइलुन-SIS), हजज़ (मुफ़ाईलुन-ISSS), मुतक़ारिब (फ़ऊलुन-ISS), कामिल (मुतफ़ाइलुन-IISIS), रजज़ (मुस्तफ़्इलुन-SSIS) तथा वाफ़िर (मुफ़ाइलतुन-ISIIS) इन सात रुक्नों पर ग़ज़लें कही गयी हैं। संकलन में कुल उन्तीस ग़ज़लकारों ने हिस्सा लिया है, जिनकी लगभग डेढ़ सौ ग़ज़लें इस पुस्तक में संकलित हैं। आधे से अधिक ने सातों रुक्नों पर एक-एक ग़ज़ल कही है तो कुछ ने अपनी पसंद के अनुसार एक-दो रुक्नों पर ही ग़ज़लें

कहकर सहयोग दिया है।

श्री रमेश कँवल ने अपने प्राक्कथन में कहा है कि एक-रुक्नी ग़ज़लें कहना आसान नहीं है। एक रुक्न के दो मिसरों (शे'र) में पूरी बात कहना बहुत मुश्किल फ़न है। लगता है, बात आधी-अधूरी रह गयी। कुछ शाइर अपनी बात पूरी करने के लिए दो शे'र का सहारा लेते हैं, जो शे'र के लिहाज से ख़ूबसूरत नहीं कहा जा सकता। श्री कँवल के इन विचारों से असहमत होने का कोई कारण नहीं है। एक शे'र में सबसे ख़ूबसूरत चीज़ उसकी कहन ही तो है। अगर वही प्रभावित हो जाये, तो शे'र अपेक्षित प्रभाव नहीं छोड़ पाता। और यदि एक ही रुक्न में बात कहने की सीमा होती है तो उसमें न तो कथ्य पूरा आ पाता है और न पूरे क्रियापद आ पाते हैं। फलस्वरूप बात भी पूरी तरह संप्रेषित नहीं हो पाती। इन सीमाओं के बावजूद अधिकांश शाइरों ने बेहतरीन कारीगरी दिखाने की कोशिश की है।

ग़ज़ल को फ़िक्र और फ़न की विधा कहा गया है। शे'र का कथ्य ही उसकी फ़िक्र है, उसकी जान है। कहा जाता है कि जितने अशआर उतने ही कथ्य या विषय। चूँकि हर शे'र स्वतंत्र होता है, उनका कोई पूर्वापर संबंध नहीं होता, इस कारण हर शे'र में एक नया विषय / एक नई बात होती है। जैसे जिसके अनुभव, जैसा जिसका चिंतन, जैसे जिसके ख़याल, वैसे ही उसके विषय। लेकिन उसे अरूज़ की सीमाओं में रहते हुए कलात्मक ढंग से ऐसी अभिव्यक्ति देना कि वह श्रोता या पाठक को सम्मोहित कर दे, यही ग़ज़ल का फ़न है। इस फ़न में वह ख़ासियत होती है, कि एक मामूली सी बात भी इसका संस्पर्श पाकर अविस्मरणीय बन जाती है। आइये, इसी संग्रह के कुछ अशआर देखते हैं –

अस्मा सुब्हानी	सीप आँखें अश्क गौहर
ए. एफ़ 'नज़र'	ज़ीस्त क्या है यात्रा है
ओंकार सिंह विवेक	ज़ीस्त क्या है बुलबुला है

एक मिसरे में फ़ाइलातुन (SISS) अर्थात् कुल सात मात्राओं के इन अशआर को अगर हम देखें तो पायेंगे कि अस्मा जी ने अपनी बात आलंकारिक ढंग से कही है। उन्होंने आँखों को सीप माना है। प्रसिद्ध है कि मोती सीप में ही पनपते हैं, अत: आँखों से ढलने वाले आँसू मोती से कम नहीं। बहुत पारंपरिक कहन है, किन्तु असर पैदा करती है। यही शे'र का काम है। दूसरी ओर श्री नज़र और श्री विवेक के अशआर ज़िंदगी से वाबस्ता हैं। एक ने ज़िंदगी को एक यात्रा, एक सफ़र का नाम दिया है, जिसमें अनेक मोड, अनेक आरोह-अवरोह और दु:ख-दर्द आते हैं। हम गिरते हैं, ठोकर खाकर सँभलते हैं, और अपनी मंज़िल की ओर बढ़ते

जाते हैं। यह मंज़िल भौतिक भी हो सकती है और आध्यात्मिक भी। जीवन के ये सब रंग उसे एक यात्रा कहने-भर से संकेतित हो जाते हैं। इसके विपरीत श्री विवेक ने ज़िंदगी के एक अलग सत्य का उद्घाटन किया है। वह यह कि ज़िंदगी तो पानी का एक बुलबुला मात्र है। बुलबुले को फूटने में कितनी देर लगती है ? फिर उससे मोह क्यों ? इस प्रकार हम देखते हैं कि दोनों शाइरों ने ज़िंदगी की सच्चाई बयान की है। एक ने ज़िंदगी के भौतिक सत्य का उद्घाटन किया है तो दूसरे ने उसकी नश्वरता का चित्र प्रस्तुत किया है। दोनों के नज़रिये में भौतिकता भी है और आध्यात्मिकता भी। दृष्टिकोण अपना-अपना है, सच्चाई दोनों में है, किन्तु कहने का सलीक़ा अलग-अलग है। इसी सलीक़े के लिए ग़ज़ल जानी जाती है।

कुछ अन्य अशआर भी अपनी ऐसी ही कहन के कारण हमारा ध्यान आकर्षित करते हैं, कुछ उद्धरण देखिये –

अरविन्द असर	गाँव भी अब नगर
डॉ. आनन्द किशोर	थे कई शरर जहाँ राख थी
प्रेम रंजन अनिमेष	होकर भी सब फ़ानी रहे
रवि खण्डेलवाल	जियेंगे सनम ख़ुशी हो कि ग़म

अशआर और भी बहुत-से हैं, किन्तु सबको उद्धृत करना संभव नहीं है। यह भी नहीं कि सारे अशआर एक ही स्तर के हैं या सबके सब ग़ज़लीयत से ओत-प्रोत हैं। कुछ केवल तुकबंदी-जैसे भी लग सकते हैं। कहीं-कहीं क़ाफ़िये और रुक्न के निर्वाह में भी कमी दिख सकती है। किन्तु यह सब ढूँढ़ते समय यह ध्यान में रखना आवश्यक है कि ये एक ही रुक्न में निबद्ध ग़ज़लें हैं। यहाँ किसी बात को बहुत अधिक सांकेतिक ढंग से, प्रतीकों और अलामतों के माध्यम से कहने का अवसर नहीं होता। यह किसी नट द्वारा एक पतली और चिकनी रस्सी पर चलने जैसा दुष्कर कार्य है, जिसे साधने की सभी शाइरों ने पुरज़ोर कोशिश की है। हम आशा करते हैं कि अपनी तरह का यह अनूठा और मौलिक कार्य ग़ज़ल के इतिहास में मील का पत्थर साबित होगा। बज़्म-ए-हफ़ीज़ बनारसी, पटना के चेयर पर्सन श्री रमेश 'कँवल' और सभी शाइरों को उनके इस प्रयास के लिए हार्दिक शुभकामनाओं के साथ --

- डॉ. ब्रह्मजीत गौतम

युक्का-1303, पैरामाउण्ट सिंफनी

क्रॉसिंग रिपब्लिक, ग़ाज़ियाबाद – 201016

चलभाष : 9760007838

ग़ज़लों की बहरें और उनके अर्कान :

क्र.	बहर	अर्कान	पृष्ठ संख्या
1.	रमल	फ़ाइलातुन	19-43
2.	मुतदारिक	फ़ाइलुन	45-58
3.	हजज़	मुफ़ाईलुन	60-71
4.	मुतक़ारिब	फ़ऊलुन	73-85
5	कामिल	मुतफ़ाइलुन	87-96
6.	रजज़	मुस्तफ़इलुन	98-109
7.	वाफ़िर	मुफ़ाइलतुन	111-119

अनुक्रम

मुतदारिक / फ़ाइलुन

हजज़ / मुफ़ाइलुन

मुतक़ारिब / फ़ऊलुन

कामिल / मुतफ़ाइलुन

ग़ज़लें

रमल / फ़ाइलातुन

नाम - अमित अहद
जन्मतिथि - 10 जून 1981
शिक्षा - B.sc, M.A (हिंदी साहित्य)
प्रकाशित ग़ज़ल संग्रह - नहीं
पुरस्कार - कोई नहीं
पत्राचार का पता - गाँव+पोस्ट-मुज़फ़्फ़राबाद, जिला-सहारनपुर (उत्तर प्रदेश) पिनकोड-247129
मोबाइल नं.- 09675150538
ईमेल आईडी - amitahad33@gmail.com

✳

मुस्कुरा दे
ग़म भुला दे

गर हूँ मुजरिम
तो सज़ा दे

बैर सबसे
तू मिटा दे

हँस के मेरा
दिन बना दे

रब के आगे
सर झुका दे

प्यार जग को
तू सिखा दे

क़र्ज़ माँ का
तू चुका दे

अब ग़ज़ल को
ढब नया दे

तू 'अहद' है
ये बता दे !

नाम - अरविन्द 'असर'
जन्म - 10 अगस्त 1970
शिक्षा - एम. ए. (हिन्दी)
प्रकाशित ग़ज़ल संग्रह - 'अन्तस'
पुरस्कार - भाऊराव देवरस न्यास द्वारा प्रताप नारायन मिश्र स्मृति राष्ट्रीय पुरस्कार 2010 (सम्मान राशि रु. -5100/)
सम्मान - चेतना साहित्य परिषद, लखनऊ से चेतना रत्न सम्मान
पता - अरविन्द 'असर' डी-2/10, रेडियो कालोनी, किंग्सवे कैंप, दिल्ली -110009
व्हाट्स एप - 9871329522
मोबाइल नं - 8700678915
ईमेल आईडी - arvindasar@gmail.com

✱

पास आओ
कुछ बताओ

हम सुनेंगे
तुम सुनाओ

फूल जैसे
मुस्कुराओ

रंग अपना
कुछ दिखाओ

दिल किसी से
मत लगाओ

गीत मेरे
साथ गाओ

गर्व से तुम
सर उठाओ

वक़्त पर तुम
जाग जाओ

अब 'असर' को
मत सताओ

नाम	- असमा सुब्हानी
जन्मतिथि	- 24 जनवरी,1985
शिक्षा	- विज्ञान स्नातक
प्रकाशित	- 101 महिला ग़ज़लकार, संवदिया, अनुगुंजन, गीत-गागर में रचनाएं प्रकाशित
पुरस्कार	- नहीं
सम्मान	- नहीं
डिजिटल सम्मान	- 3
मोबाइल नं.	- 9058503770
ईमेल आईडी	- asmasubhani24@gmail.com

✱

मिल गए पर
छू लूँ अंबर

माँ की ममता
जैसे सागर

आपका दिल
था मेरा घर

खंडहर है
या समंदर

ग़म छिपे हैं
दिल के अंदर

सीप आँखें
अश्क गौहर

नैन में कुछ
ख़्वाब तो भर

नाम	- आनन्द पाण्डेय तन्हा
जन्मतिथि	- 31.08.1957
शिक्षा	- BSc, MA (हिंदी एवं इतिहास) LLB, CAIIB
प्रकाशित ग़ज़ल संग्रह	- इल्न-दान,
साझा ग़ज़ल संग्रह	- बेहतरीन ग़ज़लें, समकालीन हिंदुस्तानी ग़ज़लें, इस दौर की ग़ज़लें, ग़ज़ल गन्ध,
पुरस्कार	- अमर उजाला द्वारा
सम्मान	- राष्ट्रीय शिखर संघ द्वारा सम्मानित
डिजिटल सम्मान	- 02
whatsapp नं.	- 9369110036
मोबाइल नं.	- 9451221580
ईमेल आईडी	- aanandtanha@gmail.com

✳

कुछ करेंगे?
या डरेंगे?

हो न नाज़ाँ
सब मरेंगे

ज़ख़्म दिल के
कब भरेंगे?

ख़ुशबुओं से
हम झरेंगे

जन्म फिर फिर
कब तरेंगे?

दुःख सभी के
रब हरेंगे

पाँव तन्हा
कब धरेंगे ?

अदबी नाम	- ए. एफ़. 'नज़र'
मूल नाम	- अशोक कुमार फुलवारिया
जन्मतिथि	- 30 जून, 1979
शिक्षा	- एम. ए. (हिन्दी), नेट, स्लेट, बी. एड., बी. एस. टी. सी.
प्रकाशित ग़ज़ल संग्रह	- 'पहल'(2012), 'सहरा के फूल' (2016),
पुरस्कार	- क़लमकार पुरस्कार 2019, जयपुर
सम्मान	- शब्द प्रवाह साहित्य सम्मान 2013, उज्जैन
डिजिटल सम्मान	- 2
पत्नाचार का पता	- गाँव व डाक-पिपलाई, तहसील-बामनवास, ज़िला-सवाई माधोपुर (राजस्थान)-322214
व्हाट्स एप नम्बर	- 9649718589
मोबाइल नम्बर	- 9649718589
ई मेल आई डी	- af.nazar@rediffmail.com

✳

इश्क़ क्या है
रास्ता है

ज़ीस्त क्या है
यात्ना है

दर्द क्या है
रहनुमा है

सबकी मंज़िल
दिलरुबा है

दिल उसी की
मानता है.

नाम - डॉ. ऐनुल बरौलवी

जन्मतिथि - 04 जुलाई 1957 ई.

शिक्षा/उपाधि - एम.ए. , बी.एड. , डी.पी.एड. , एल-एल.बी., मानद डॉक्टरेट, विद्यावाचस्पति

प्रकाशित ग़ज़ल संग्रह - टहलते ख़्वाब,सदा-ए-नौ (हिंदी), हबीब(उर्दू) एवं भोजपुरी में अनेक साझा ग़ज़ल संग्रह

ई-बुक - 1 अंजुमन, 2 .उरूज-ए-ग़ज़ल : हमारा सरमाया, 3 . अल्फ़ाज़-ए-ग़ज़ल (10)

पुरस्कार - पाण्डुलिपि अनुदान पुरस्कार -2019 ₹ 29500/-

सम्मान - मिर्ज़ा ग़ालिब अवार्ड -2019, साहित्य श्री सम्मान, 2028 डिजिटल सम्मान (अनेक)

मोबाइल नंबर - 700 435 6036

ईमेल आईडी - ainulhaque124@gmail.com

✳

दू-ब-दू कर
आरज़ू कर

अक़्ल की तू
जुस्तजू कर

काम कोई
हू-ब-हू कर

पाक हो जा
आ वज़ू कर

प्यार से तू
कुछ शुरू कर

आँखों में अब
मत लहू कर

ज़िन्दगी से
गुफ़्तगू कर

ज़ख़्म 'ऐनुल'
आ रफ़ू कर

नाम	- ओंकार सिंह विवेक
जन्मतिथि	- 01.06.1965
शिक्षा	- B.Sc. , C.A.I.I.B. , C.B.T.
प्रकाशित ग़ज़ल संग्रह	- 'दर्द का अहसास'
पुरस्कार	- टैगोर शिशु निकेतन रामपुर-उ0प्र0 के 'आशु कविता प्रतिगोगिता' वर्ष 2017 में प्रथम पुरस्कार प्राप्त
सम्मान	- के बी हिंदी सेवा न्यास (पंजी.) बिसौली, ज़िला बदायूँ-उ0प्र0 द्वारा "शकील बदायूँनी स्मृति सम्मान" वर्ष-2021 से सम्मानित।
डिजिटल सम्मान	- 20
मोबाइल नं.	- 9897214710
ई-मेल	- oksrmp@gmail

※

ज़ीस्त क्या है
बुलबुला है

क्या हो कल को
क्या पता है

हम भले तो
जग भला है

शायरी भी
इक नशा है

ठीक समझे
सच बड़ा है

श्रम का सबको
फल मिला है

जाग, सूरज
चढ़ गया है

नाम	- घनश्याम राम
उपनाम	- कालजयी घनश्याम
जन्मतिथि	- 01 जुलाई, 1964
शिक्षा	- स्नातक
ई-बुक	- 100 कालजयी ग़ज़लें
डिजिटल सम्मान	- 10
साझा ग़ज़ल संग्रह	- इक्कीसवीं सदी के इक्कीसवें साल की बेहतरीन ग़ज़लें-सं. रमेश 'कँवल'
पता	- ए -22 रमेश एन्क्लेव, रोहिणी सेक्टर 21 के सामने, नई दिल्ली-110 086
मोबाइल	- 9810137967
ई-मेल	- ramghanshyam64@gmail.com

✳

जाम पी लूँ
मस्त जी लूँ

मत मिला जल
नीट ही लूँ

रोज़ दो तो
मुफ़्त की लूँ

आन ख़ातिर
जान भी लूँ

खोल खिड़की
ताज़गी लूँ

चैन अब मैं
दो-घड़ी लूँ

कैसे अपने
होठ सी लूँ

साथ में घन
श्याम भी लूँ

नाम - डॉ. आनन्द किशोर

जन्मतिथि - 04 दिसम्बर, 1962

शिक्षा - एम.बी.बी.एस(दिल्ली)

प्रकाशित ग़ज़ल संग्रह - 'मोहब्बत हो गई है' 2018, प्रकाशित साझा ग़ज़ल संग्रह : 'हमारा सरमाया', 'बाद-ए-सबा 3, 'मेयार ए ग़ज़ल', 'नूर ए अल्फ़ाज़' अल्फाज़े-ग़ज़ल सहित 10 से अधिक

प्राप्त पुरस्कार/सम्मान - "बेकल उत्साही सम्मान" 2018 सहित 16 सम्मान

डिजिटल सम्मान - 378

मोबाइल नं. - 8920747891

ईमेल आईडी - anandkishore2263@gmail.com

✳

रहनुमाई
क्या निभाई

मिल न पाई
थी पराई

ख़ाक में है
आशनाई

दर्दे-दिल था
दी दुहाई

ठोकरों से
सीख पाई

की ग़मों से
हाथापाई

सब ही भूले
पारसाई

प्यार में थी
जाँ जलाई

भाग्य में थी
बेवफ़ाई

नाम	- कविता विकास
जन्मतिथि	- 28/02 /1964
शिक्षा	- एम ए, बी एड, पीजीडी(पत्रकारिता)
प्रकाशित साझा ग़ज़ल संग्रह	- (परवाज़-ए-ग़ज़ल, 101 महिला ग़ज़लकार, हिंदी ग़ज़ल का बदलता मिज़ाज, 2020 की नुमाइंदा ग़ज़लें, इक्कीसवीं सदी के इक्कीसवें साल की बेहतरीन ग़ज़लें)
पुरस्कार	- सर्वश्रेष्ठ शिक्षक पुरस्कार (2021)
सम्मान	- साहित्य संस्कृति शताब्दी सम्मान
डिजिटल सम्मान	- अनेक
पत्राचार का पता	- डी 15, सेक्टर - 9,कोयलानगर, धनबाद, पिन-826005, झारखण्ड
मोबाइल नं.	- 943132028
ईमेल आईडी	- kavitavikas28@gmail.com

✻

तुम कहो भी
पर सुनो भी

हो निखरना
तो तपो भी

पर मिले हैं
तो उड़ो भी

सोचते हो
तो करो भी

दर्द दे कर
दर्द लो भी

दर ख़ुदा के
सिर धरो भी

रात आई
अब थमो भी

नाम - डॉ. ब्रह्मजीत गौतम
जन्म - तिथि 28 अक्टूबर, 1940
शिक्षा - एम. ए., पी-एच. डी. (हिन्दी)
प्रकाशित ग़ज़ल संग्रह - १- वक़्त के मंज़र, २- एक बहर पर एक ग़ज़ल ३. करती है अभिषेक ग़ज़ल
पुरस्कार - 'श्रेष्ठ कला आचार्य' (मधुवन, भोपाल द्वारा)
सम्मान - 'हिन्दी साहित्य मनीषी' (साहित्य-मंडल, श्रीनाथ-द्वारा, राजस्थान)
व्हाट्सएप - 9760007838
मोबाइल नंबर - 9425102154
ई-मेल आईडी - bigautam2007@gmail.com

✻

ज़िंदगानी
आग-पानी

है सुहानी
रातरानी

सुब्ह ऊला
शाम सानी

इक ग़ज़ल है
ज़िंदगानी

आज शोला
कल हिमानी

ढल रही है
अब जवानी

किसलिए फिर
ख़ाक छानी

नाम	- धर्मेन्द्र गुप्त साहिल
जन्म तिथि	- 7/07/1964
शिक्षा	- एम. काम., बी. एड.
प्रकाशित ग़ज़ल संग्रह	- अपना - अपना चाँद,
साझा संकलन	- 101 प्रतिनिधि ग़ज़लकार, बनारस की हिन्दी ग़ज़ल, ज़िन्दगी की ग़ज़ल, प्रकृति एवं पर्यावरण, 2020 की नुमाइंदा ग़ज़लें, इक्कीसवीं सदी के इक्कसवें साल की बेहतरीन ग़ज़लें, ग़ज़ल त्रयोदश, इस दौर की ग़ज़लें।
सम्मान	- उत्तर प्रदेश गौरव,
मोबाइल	- 8935065229
ई मेल	- dharmendraguptsahil@gmail.com

✳

क्या पता है
क्या ख़ता है

क्यों मुझे यूँ
देखता है

चाँद अब तक
लापता है

जाने क्या क्या
सोचता है

आदमी क्या
देवता है

कोई ऐसे
रूठता है

आदमी भी
इक कथा है

नाम - नवीन सी. चतुर्वेदी
जन्मतिथि - 27 अक्टूबर,1968
शिक्षा - वाणिज्य स्नातक
प्रकाशित ग़ज़ल संग्रह - पुखराज हबा में उड़ रए हैं, ब्रजग़ज़ल संग्रह, मोरछल
साझा ग़ज़ल संग्रह/ई-बुक - 2020 की नुमाइंदा ग़ज़लें, इक्कीसवीं सदी के इक्कीसवें साल की बहतरीन ग़ज़लें
पुरस्कार - उत्तर प्रदेश हिन्दी संस्थान 2020 का ब्रजभाषा साहित्य का सर्वोच्च पुरस्कार - बाबू जगन्नाथ दास रत्नाकर पुरस्कार
सम्मान - एक (सर्वश्रेष्ठ) साहित्य-मण्डल नाथद्वारा द्वारा
डिजिटल सम्मान - नहीं
मोबाइल नं. - 9967024593
ईमेल आईडी - navincchaturvedi@gmail.com

✻

माह-पारे
प्राण-प्यारे

चाँद-तारे
बे-सहारे

तंग-दस्ती
हर दुआरे

सर्व-प्रेमी
सर्व-हारे

बे-मुरव्वत
गोशवारे

बे-तकल्लुफ़
देनहारे

इब्रे-आलम
इस्तिआरे

नाम - निर्मला कपिला
जन्मतिथि - 25 नवम्बर 1949
शिक्षा - डिप्लोमा फार्मेस
प्रकाशित ग़ज़ल संग्रह - 2 पखेरू मन एवं अंतर्मन, साझा ग़ज़ल संग्रह / ई-बुक 10
पुरस्कार - एक (सर्वश्रेष्ठ)
सम्मान - एक (सर्वश्रेष्ठ) नारी लेखिका विशेष सम्मान पंजाब विधान सभा स्पीकर से
डिजिटल सम्मान - 10
whatsapp नं. - 94134 91917
मोबाइल नं. - 9463491917
ईमेल आईडी - nirmala.kapila@email.com

✳

प्यार पाया
ग़म भुलाया

नफ़रतों का
दौर आया

मुफ़लिसों पर
ज़ुल्म ढाया

आसमाँ पर
तम सा छाया

पा ज़मीं से
क्यों उठाया

ज़िन्दगी ने
दिल जलाया

आँसुओं में
ग़म बहाया

बरगदों सी
दे तू छाया

'निर्मला' है
मेरा साया

नाम - प्रेम रंजन अनिमेष
जन्मतिथि - 18 अप्रैल
शिक्षा - स्नातकोत्तर
प्रकाशित ग़ज़ल संग्रह - 'पहला मौसम', 'धानी सा', 'कोई अपना सा', 'हैं हम तो इश्क़ मस्ताने ', 'देर तक और दूर तक' प्रकाश्य
साझा संग्रह -'समकालीन हिन्दी ग़ज़ल संग्रह' (साहित्य अकादमी से), 2020 की नुमाइंदा ग़ज़लें, 'बेहतरीन ग़ज़लें', 'इस दौर की ग़ज़लें' आदि
पुरस्कार - भारतभूषण अग्रवाल पुरस्कार, अमृतलाल नागर स्मृति पुरस्कार
सम्मान - विद्यापति सम्मान
डिजिटल सम्मान - कई
मोबाइल - 9930453711
ई-मेल - premranjananimesh@gmail.com

✳

बचपना है
पर मना है

चश्मे-तर से
देखना है

तन में इक मन
अनमना है

सुख पसीना
सूखना है

सच का सपना
सचपना है

स्वर में कैसी
व्यंजना है

प्यार 'अनिमेष'
जोड़ना है

नाम - महेश जोशी 'अनल'
जन्म तिथि - 01 फरवरी,1965
शिक्षा - B. A., LL.B.
प्रकाशित ग़ज़ल संग्रह - "आईना बाज़ार में", "हालचाल सब अच्छा छे (लोकबोली निमाड़ी मे)
पुरस्कार - म.प्र.लेखक संघ का
सम्मान - प्रतिष्ठित "देवकीनंदन महेश्वरी सम्मान"
डिजिटल सम्मान - कोई नहीं
Whatsapp नम्बर - 9424055551
ई मेल आई डी - maheshj0102@gmail.com

※

दिल मिलाओ
मुस्कुराओ

क्या है कल का
आज आओ

है अगर शक
आज़माओ

मेरी ग़ज़लें
गुनगुनाओ

दूरियाँ अब
मत बढ़ाओ

प्यार के ही
गीत गाओ

अब 'अनल' को
भूल जाओ

नाम	- रमेश 'कँवल'
जन्मतिथि	- 25 अगस्त,1953
शिक्षा	- विज्ञान स्नातक, अदीब, डिप्लोमा इन कम्पूटर्स इन ऑफिस मैनेजमेंट
प्रकाशित ग़ज़ल संग्रह	- 'सावन का कँवल', शुहरत की धूप और स्पर्श की चाँदनी (हिंदी में), लम्स का सूरज, रंगे- हुनर (उर्दू में)
साझा संग्रह	- ग़ज़ल त्रयोदश सहित 9
पुरस्कार	-दुष्यंत कुमार स्मृति पुरस्कार रु.11000/- 1997 में
सम्मान	-अकबर रज़ा लाइफ टाइम अचीवमेंट अवार्ड, 2019
डिजिटल सम्मान	- 4
मोबाइल	- 878 976 1287
ई-मेल	- rameshkanwal78 @gmail.com

✳

हट उधर चल
अब न तू छल

धूप है तो
ढूँढ़ बादल

गर्मियों में
तू पिला जल

प्यार से कह
मत लगा बल

हिन्दुओं के
देश से चल

आज जो है
वह नहीं कल

फ़िल्म अपनी
देखने चल

अब न होगा
मसअला हल

इस गली से
चल 'कँवल' चल

नाम - रवि खण्डेलवाल
जन्मतिथि - 14 सितम्बर, 1951
शिक्षा - स्नातक
प्रकाशित ग़ज़ल संग्रह - नहीं
साझा ग़ज़ल संग्रह - 1. हिंदी ग़ज़ल का बदलता मिज़ाज, संपादक - अनिरुद्ध सिन्हा
2 . इक्कीसवीं सदी की ग़ज़लें संपादक - डॉ. भावना
3. 2020 की नुमाइंदा ग़ज़लें संपादक - रमेश 'कँवल'
4 . इक्कीसवीं सदी के इक्कीसवें साल की बेहतरीन ग़ज़लें- संपादक रमेश कँवल सहित 8 ग़ज़ल संग्रह
whatsapp नं. - 7697900225
मोबाइल नं. - 7697900225
ई-मेल आईडी - ravikhandelwal14sep@gmail.com

आ रहे हैं
जा रहे हैं

लोग नग़मा
गा रहे हैं

देश नेता
खा रहे हैं

आप हमको
भा रहे हैं

भाग्य में जो
पा रहे हैं

क्यों मुसीबत
ला रहे हैं

'रवि' फ़लक पर
छा रहे हैं

नाम - राजकांता राज
जन्मतिथि - 8 जून
शिक्षा - स्नातक
प्रकाशित साझा ग़ज़ल संग्रह
- इक्कीसवीं सदी के इक्कीसवे साल की बेहतरीन ग़ज़लें, अक़ीदत के फूल,
पुरस्कार - मिसेज पॉपुलर, गाजर का अनोखा पुआ पुरस्कार
सम्मान - हाइकु, सम्मान
डिजिटल सम्मान - कई
वॉट्सप नंबर - 9308245361
मोबाइल नंबर - 6201724842
ईमेल आईडी - anilrajkanta@gmail.com

✳

बचपना जब
याद आया

फिर लबों ने
गुनगुनाया

ताड़ काटे
गीत गाया

छोड़ कर अब
मोह माया

दोस्तों ने
क्या हँसाया

सच मुझे तो
ख़ूब भाया

ज़िंदगी का
लुत्फ़ उठाया

नाम	- विकास सोलंकी
जन्मतिथि	- 04/02/1983
शिक्षा	- एम.ए. द्वय (अर्थशास्त्र एवं हिन्दी), बी. एड.,एम. एड., नेट (हिन्दी)
प्रकाशित ग़ज़ल संग्रह	- बंजर में बहार (ग़ज़ल-संग्रह)
पुरस्कार	- साहित्य शारदा मंच खटीमा उत्तराखण्ड द्वारा 'साहित्य वारिधि '
सम्मान	- बिहार इकाई राष्ट्रीय कवि संगम द्वारा सारस्वत सम्मान
डिजिटल सम्मान	- 09
whatsapp नं.	- 9905059156
मोबाइल नं.	- 9905059156
ई-मेल आईडी	- bikaskumaraguani@gmail.com

⁂

धूप पानी
ज़िन्दगानी

रंग लाई
नौजवानी

एक आनी
एक जानी

साँस की है
दो निशानी

माँ सुनाओ
इक कहानी

साथ चलना
बुद्धिमानी

बात कहना
बस रुहानी

है धरा यह
धूपदानी

गा रहा है
गीत ज्ञानी

स्वप्न देखो
आसमानी

सत्य साधो
सिद्ध ज्ञानी

नाम - विज्ञान व्रत

जन्म तिथि - 17 अगस्त 1943

शिक्षा - स्नातकोत्तर M A , 5 वर्षीय डिप्लोमा (ललित कला)

प्रकाशित ग़ज़ल संग्रह - बाहर धूप खड़ी है, मैं जहाँ हूँ, जैसे कोई लौटेगा, तब तक हूँ, लेकिन ग़ायब रौशनदान, शर्मिन्दा पैमाने थे, सहित 12 ग़ज़ल संग्रह

पुरस्कार - राज्य ललित कला अकादमी, लखनऊ (उ. प्र.)

सम्मान - वातायन सम्मान (लन्दन U K)

डिजिटल सम्मान - कोई नहीं

Whatsapp नम्बर - +919810224571

ई मेल आई डी - vigyanvrat@gmail.com

जो उगेगा
वो बढ़ेगा

जो बढ़ेगा
वो फलेगा

जो फलेगा
वो पकेगा

जो पकेगा
वो झरेगा

जो झरेगा
वो मिटेगा

जो मिटेगा
वो उगेगा

नाम	- शरद् रंजन शरद्
जन्मतिथि	- 19 अप्रैल,1958
शिक्षा	- स्नातकोत्तर

प्रकाशित ग़ज़ल संग्रह/साझा ग़ज़ल संग्रह

साझा संग्रह	- 'समकालीन हिन्दी ग़ज़ल-संग्रह' (साहित्य अकादमी), '2020 की नुमाइन्दा ग़ज़लें', 'बेहतरीन ग़ज़लें'
ग़ज़ल संग्रह	- 'सच की दुनिया', 'इतना सा पानी', 'मैं अकेला नहीं' (प्रकाशनाधीन)
पुरस्कार / सम्मान	- युवा महोत्सव पुरस्कार डिजिटल सम्मान
whatsapp नं	- 7319880575
मोबाइल नं.	- 7319880575
ई-मेल आईडी	- sharadranjansharad@gmail.com

✳

है तो जाना
क्या बचाना

वो ख़ुदा फिर
क्यों अजाना

सच का दरपन
कुछ छिपा ना

रोते शिशु सा
खिलखिलाना

साँस जब तक
चलते जाना

खिंच रहा है
ताना बाना

इस 'शरद' का
क्या ठिकाना

नाम - शुचि 'भवि'
जन्मतिथि - 24 नवम्बर 1971
शिक्षा - एम. एस.सी. इलेक्ट्रॉनिक्स (गोल्डमेडलिस्ट), बी.एड
प्रकाशित ग़ज़ल संग्रह - मसाफ़त-ए-ख़्वाहिशात
साझा ग़ज़ल संग्रह - 6
सम्मान - दोहा शिरोमणि, डिजिटल सम्मान (30)
मोबाइल नं. - 9826803394
ईमेलआईडी - shuchileekha@g mail.com

✳

ओ रे बादल
क्यों तू पागल

जल रहा सब
तू बरस जल

देख है दिल
यूँ न कर छल

उड़ रहा है
उड़ता ही चल

बात बिगड़ी
ढूँढ़ कुछ हल

आज है जो
होगा ही कल

जो किया है
भोग वो फल

कह रही 'भवि '
जी ले हर-पल

नाम	- शुभचन्द्र सिन्हा
जन्मतिथि	- 27 मार्च
शिक्षा	- बैचलर ऑफ इंजीनियरिंग
प्रकाशित ग़ज़ल संग्रह	- नहीं
साझा ग़ज़ल संग्रह	- 1. नीलाम्बरा, 2. अकीदत के फूल, 3. इक्कीसवीं सदी के इक्कीसवें साल की बेहतरीन ग़ज़लें
ई-बुक	- नहीं
पुरस्कार	- नहीं
सम्मान	- नहीं
डिजिटल सम्मान	- 4
whatsapp नं.	- 7209631557
मोबाइल नं.	- 7209631557
ई-मेल आईडी	- shubhchandrasinha@gmail.com

✻

ग़म हमारे
हैं सहारे

अब न दुश्मन
दोस्त मारे

नाव डूबी
आ किनारे

ग़ैर हैं अब
थे हमारे

अब किसे ये
दिल पुकारे

तोड़ दें हम
आस सारे

नाम	- हिमकर श्याम
जन्मतिथि	- 16 जनवरी, 1973
शिक्षा	- राँची विश्वविद्यालय से वाणिज्य और पत्रकारिता एवं जन सम्पर्क में स्नातक
प्रकाशित ग़ज़ल संग्रह	- 'दिल बंजारा', 'बाद-ए-सबा' (साझा ग़ज़ल संग्रह), 'इक्कीसवीं सदी के इक्कीसवें वें साल की बेहतरीन ग़ज़लें', '2020 की नुमाइंदा ग़ज़लें'
सम्मान	- बिहार हिन्दी साहित्य सम्मेलन की ओर से शती-वर्ष में साहित्य सम्मेलन शताब्दी सम्मान
डिजिटल सम्मान	- एक
whatsapp नं.	- 9430358234
मोबाइल नं.	- 8603171710
ई-मेल आईडी	- himkarshyam@gmail.com

✳

ज़िंदगानी
है निभानी

हर बशर की
इक कहानी

कम न होती
सरगिरानी

ये बलाएँ
आसमानी

ख़ौफ़ में है
ज़िंदगानी

दर्द की क्या
तर्जुमानी

जीत लेंगे
हमने ठानी

मुतदारिक / फ़ाइलुन

✳

अमित अहद

ये ज़मीं
कम नहीं

मैं जवाँ
तू हसीं

तू जहाँ
मैं वहीं

ख़ुद पे ही
कर यक़ीं

ऊँची रख
ये जबीं

दिल में तू
है मकीं

प्यार कर
नाज़नीं

आ चलें
अब कहीं

तू 'अहद'
दिलनशीं!

✳

अरविन्द असर

हर बशर
राहबर

आदमी
है मगर

है बहुत
इक शरर

कौन है
अर्श पर

गाँव भी
अब नगर

अम्न है
अब किधर

शाम है
हर सहर

कुछ नहीं
चाँद पर

ये ग़ज़ल
भी 'असर'

नाम	- असग़र शमीम
जन्मतिथि	- 01-11-1975
शिक्षा	- एम. ए., बी.एड.
प्रकाशित ग़ज़ल संग्रह	- नहीं
साझा ग़ज़ल संग्रह	- इक्कीसवीं सदी की इक्कीसवीं साल की बेहतरीन ग़ज़लें, ग़ज़लकार
ई-बुक	- नहीं
पुरस्कार	- कोई नही
सम्मान	- कोई नही
डिजिटल सम्मान	- 4
whatsapp नं.	- 9836224948
मोबाइल नं.	- 9836224948
ई-मेल आईडी	- asgar.ara@gmail.com

✳

ज़िन्दगी
बेबसी

हर तरफ़
तीरगी

खो गया
आदमी

बुझ गयी
रौशनी

दिल में डर
दाइमी

ये सफ़र
आख़िरी

✳

आनन्द पाण्डेय तन्हा

दिल दिया
शुक्रिया

ज़ीस्त में
क्या किया?

फिर उठें
तय किया

शोर है
तख़लिया

मौन को
सुन लिया

ज़ख़्म दिल
का सिया

रूह में
है ज़िया

✳

ए. एफ़. नज़र

दम हवा
हम हवा

बाँधिए
कम हवा

तुम मिले
ग़म हवा

तुम महक
हम हवा

फिर चली
नम हवा

✳
कालजयी घनश्याम

✳

रौशनी
तिश्नगी

बस यही
ज़िंदगी

दहर है
मतलबी

बात हो
रस भरी

ज़ीस्त में
सादगी

फ़लसफ़ा
दोस्ती

आपकी
शायरी

✳

दिलरुबा
मरहबा

आपकी
ये अदा

गाल पे
तिल सजा

जाँ जिगर
सब लुटा

दिल न ये
अब दुखा

बैर दिल
से भुला

पैरहन
ख़ुश क़बा

✳

डॉ. आनन्द किशोर

आपका
शुक्रिया

पास था
अब जुदा

देखकर
रो पड़ा

बोलकर
फँस गया

जानकर
हँस दिया

बेसबब
क्यों कहा

कारवाँ
लुट गया

मतलबी
यार था

हादसा
फिर हुआ

✳

डॉ. कविता विकास

आज है
साज है

मौत इक
बाज है

उम्र भर
काज है

अपने सर
ताज है

नार धन
लाज है

गिर गयी
गाज है

श्रेष्ठ यह
राज है

✳

डॉ. नूतन सिंह

आपकी
ताज़गी

साँस को
भा गई

है हवा
बाबली

तोड़ दी
हर कली

ये घटा
फिर बढ़ी

गुम हुई
रौशनी

खो गई
चाँदनी

✳

डॉ. ब्रह्मजीत गौतम

हमसफ़र
आ इधर

यों न चल
बे-ख़बर

ख़ौफ़ से
मत सिहर

है अभी
दूर घर

हाँफ मत
धैर्य धर

मत भटक
दर-ब-दर

बैठ मत
हार कर

✳

धर्मेन्द्र गुप्त साहिल

जल रहा
गल रहा

सबको मैं
खल रहा

आज भी
कल रहा

बारहा
टल रहा

हाथ ही
मल रहा

ख़ुद को ही
छल रहा

सूर्य सा
ढल रहा

✳

नवीन सी. चतुर्वेदी

दिल-नगर
ख़ूबतर

सुर्ख़ियाँ
बाम पर

रतजगे
हमसफ़र

नाज़नीं
ना-नुकर

सुब्हे-नौ
मुन्तज़र

दास्ताँ
दर-ब-दर

नेमतें
बालो-पर

✻

निर्मला कपिला

प्यार क्या
ग़म सिवा

आदमी
लुट गया

इश्क़ में
मर मिटा

ज़ुल्म की
इंतिहा

पी गयी
दर्द क्या

हौसला
मर गया

'निर्मला'
पास आ

नाम -पवन शर्मा

जन्मतिथि -25 सितम्बर 1961

शिक्षा - बीएससी एम.ए.(अंग्रेजी) बी.एड.

सांझा ग़ज़ल संग्रह - 1-अपने-अपने चेहरे सं.-पवन शर्मा
2-इन्द्रधनुषी हिंदी ग़ज़लें
3-हिन्दी ग़ज़ल पंचदशी-4
4-हिन्दी ग़ज़ल के कुशल चितेरे भाग-2
सम्पादक-डॉ.रोहिताश्व अस्थाना
5-हिन्दी ग़ज़ल का बदलता मिज़ाज
सम्पादक-अनिरुद्ध सिन्हा
6-परवाज़-ए-ग़ज़ल-6
संपादक अजय 'अज्ञात'
7-2020 की नुमाइंदा ग़ज़लें
सम्पादक -रमेश कँवल

सम्मान - भरत व्यास सम्मान 2017 साकार संस्थान, चूरू, राजस्थान

मोबाइल न. - 96805410718-

ईमेल आईडी - pawansharmabhadra2@gmail.com

※

बात कर
पुरअसर

ज़िन्दगी
है सफ़र
बैठ तो
बात कर

बोल भी
तौल कर
बोलता
है शजर

राम को
याद कर
दिन चला
रात भर

कौन है
मोतबर
क्या मिला
छोड़ कर

✳

प्रेम रंजन अनिमेष

अब तो आ
आ भी जा

क्यों छुपा
देखता

आँख भर
मुसकुरा

मुझमें कौन
रह रहा

अब जले
दिल दिया

जो भी हो
कर भला

कह 'अनिमेष'
अनकहा

✳

रमेश कँवल

मौन हो
तो सुनो

खिड़कियाँ
खोल दो

ख़ुद में ही
मत जियो

अज़्म इक
दिल में हो

पत्थरों
से बचो

नफ़रतो !
दफ़्न हो

दोस्ती
अब करो

धर्म पर
मर मिटो

रौशनी
बन चलो

✳

रमेश 'कँवल'

शुक्रिया
दिलरुबा

आपने
ग़म दिया

कौन हूँ
क्या पता

कुछ बता
क्या हुआ

हो गया
रतजगा

कह उठे
तख़लिया

चल पड़ा
क़ाफ़िला

मुझमें है
वह बसा

मैं कँवल
हँस पड़ा

✳

रवि खण्डेलवाल

नाम रख
राम, रख

काम से
काम रख

हाथ में
जाम रख

वस्तु ले
दाम रख

रास्ता
आम रख

ब्याहता
बाम रख

वक़्त को
थाम रख

नाम	- विकास सोलंकी
जन्मतिथि	- 04/02/1983
शिक्षा	- एम.ए. द्वय (अर्थशास्त्र एवं हिन्दी), बी. एड.,एम. एड., नेट (हिन्दी)
प्रकशित ग़ज़ल संग्रह	- बंजर में बहार (ग़ज़ल-संग्रह)
पुरस्कार	- साहित्य शारदा मंच खटीमा उत्तराखण्ड द्वारा 'साहित्य वारिधि '
सम्मान	- बिहार इकाई राष्ट्रीय कवि संगम द्वारा सारस्वत सम्मान
डिजिटल सम्मान	- 09
पत्राचार का पता	- ग्राम+पोस्ट- अगुआनी, थाना- परबत्ता, जिला - खगड़िया (बिहार) पिन -851216
मोबाइल नं.	- 9905059156
ईमेल आईडी	- bikaskumaraguani@gmail.com

✳

आ गया
छा गया

वह मुझे
भा गया

दिन सुखद
आ गया

बेसुरा
गा गया

अन्न सब
खा गया

जो कभी
था,गया

आपका
क्या गया

*

शरद रंजन शरद

क्या बचा
क्या रहा

आया फिर
चल पड़ा

दिल कहाँ
मिल सका

दुख में भी
हँस हँसा

मौन तक
चुप हुआ

ज़र्रे से
सब बना

कुछ 'शरद'
रच तो जा

*

शुचि 'भवि'

आँख नम
क्या है ग़म

सच यही
आर्य हम

इस धरा
लें जनम

एक तू
बस सनम

मिल गये
अब क़दम

नेकियाँ
ही करम

'भवि' बनो
प्लेटिनम

✳

शुभचन्द्र सिन्हा

इक नज़र
कर इधर

मुँह गया
फेर कर

सब दुआ
बे असर

आ सके
लौट कर

ज़िन्दगी
दर-ब-दर

कब कहा
फूँक घर

ख़त्म हो
ये सफ़र

✳

हिमकर श्याम

दरमियाँ
दूरियाँ

रंजिशें
हैं अयाँ

बेसबब
तल्ख़ियाँ

फिर वही
सुर्ख़ियाँ

जल रहीं
बस्तियाँ

अन-सुनी
सिसकियाँ

बंद हैं
खिड़कियाँ

हजज़ / मुफ़ाईलुन

*

अमित अहद

कभी तो जी
नज़र से पी

कहे ज़ालिम
लबों को सी

सदा हमने
दुआएँ ली

समझ भाषा
मुहब्बत की

बसे दिल में
फ़क़त तुम ही

कहाँ सबको
मयस्सर घी

रहा मुश्किल
सफ़र ये भी

दुआ माँ ने
हमेशा दी

'अहद' हर सू
दिखे तू ही !

*

अरविन्द 'असर'

ग़नीमत है
कि इज़्ज़त है

मोहब्बत भी
इबादत है

सलामत हूँ
इनायत है

ख़मोशी इक
शराफ़त है

तेरा सजना
क़यामत है

बता किसकी
क़यादत है

रियासत में
बग़ावत है

सियासत भी
बुरी लत है

'असर' तेरी
बदौलत है

✳

आनन्द पाण्डेय तन्हा

मुहब्बत है
इनायत है

जवाँ दिल में
हरारत है

तुम्हें चूमूँ?
इजाज़त है?

नहीं बुजदिल
शराफ़त है

ज़ईफ़ी में
शिकायत है

बचा ले दिल
तिजारत है

ग़ज़ल कहना
लताफ़त है

ज़ईफ़ी-बुढ़ापा,
तिजारत-व्यापार
लताफ़त-कोमलता/सुंदरता

✳

ए. एफ़. नज़र

ठहर जाऊँ
कि घर जाऊँ

बता तो दे
किधर जाऊँ

जिधर जाना
उधर जाऊँ

तुझे पा लूँ
तो मर जाऊँ

जो तू छू ले
तो भर जाऊँ

✳

ओंकार सिंह विवेक

जो है ठाना
वो कर जाना

मुक़द्दर में,
है ग़म खाना

परिंदों को,
मिले दाना

न सीखा है
बिखर जाना

सफलता पर
न इतराना

ज़रूरी है,
हुनर आना

ज़रा ठहरो
चले जाना

दरख़्तों को
न कटवाना

✳

कालजयी घनश्याम

जो यौवन है
वही धन है

ये मन धन का
महाजन है

बड़ी ज़ालिम
ये चिलमन है

न अब वश में
ये तन-मन है

अभी उनमें
लड़कपन है

तनी भौहें
शरासन है

हमेशा इक
नया-पन है

✳

डॉ. आनन्द किशोर

कोई कमतर
कोई बेहतर

न खाने को
न ही बिस्तर

कोई हँसता
कोई मुज़्तर

ग़मों के हैं
कई लश्कर

हुए कितने
सितम अक्सर

लुटेरा ही
बना रहबर

मिला धोका
चुभा नश्तर

बुरे हो तुम
गया कहकर

सकल ये जग
सदा नश्वर

✳

डॉ. कविता विकास

मेरा क्या है
तुम्हारा है

उजाले में
नहाना है

तुम्हारा ग़म
हमारा है

तुम्हें पाना
तमन्ना है

हर इक बंदा
अकेला है

यहाँ पल भर
ठिकाना है

मेरा जीवन
ही कविता है

✳

डॉ. नूतन सिंह

मुहब्बत की
तिजारत की

नहीं तुम से
बग़ावत की

कि नेकी कर
सदाकत की

वबा से ख़ुद
हिफ़ाज़त की

न मैंने कुछ
सियासत की

सज़ा देकर
रियायत की

कहो नूतन
रवायत की

✳

डॉ. ब्रह्मजीत गौतम

न आयेंगे
न जायेंगे

फ़क़त सपने
दिखायेंगे

सभी का दिल
रिझायेंगे

ग़रीबों को
मनायेंगे

दवा मीठी
पिलायेंगे

नये रिश्ते
बनायेँगे

सभी वादे
भुलायेंगे

✳

धर्मेन्द्र गुप्त 'साहिल'

सहारा दे
किनारा दे

किधर जाऊँ
इशारा दे

फ़क़त हक़ ही
हमारा दे

विरह का जल
न खारा दे

न ये जीवन
दुबारा दे

जो मन भाये
नज़ारा दे

जो दुश्मन दे
तो प्यारा दे

✳

नवीन सी. चतुर्वेदी

ज़मींदारी
रवादारी

ख़रीदारी
मगजमारी

जगत-प्यारी
नगर-नारी

पिया सबकुछ
सुघर-नारी

गुलो-बुलबुल
तरफ़दारी

हमेशा ख़ुश
अदाकारी

सिया के पी
सदाचारी

✻

निर्मला कपिला

छुपाता क्या
दिखाता क्या

हमारा क्या
तुम्हारा क्या

ज़माने पर
भरोसा क्या

है मिट्टी सब
तो तेरा क्या

पखेरू मन
न लौटा क्या

कथा अपनी
बताता क्या

रक़ीबों का
हुआ वो क्या

✻

निर्मला कपिला

कहाँ पूरा
हुआ सपना

रहा ज़िन्दा
लगा मुर्दा

पखेरू मन
न पास आया

तसीहे दे
रुलाता था

है तो दुश्मन
सगा लगता

सितमगर है
जहाँ सारा

सदा 'निर्मल'
रहा तेरा

✳

पवन शर्मा

सजा अच्छी
बला अच्छी

लगे है कब
क़ज़ा अच्छी

है कड़वी पर
दवा अच्छी

कहाँ होती
वबा अच्छी

चली है फिर
हवा अच्छी

सुनो भैया
कथा अच्छी

सियासत कब
सफ़ा अच्छी

✳

प्रेम रंजन अनिमेष

हरा पानी
भरा पानी

कहीं तह में
धरा पानी

थिरीं पलकें
झरा पानी

अगन झूठी
खरा पानी

जो डूबा मैं
तरा पानी

इन आँखों का
मरा पानी

बचा 'अनिमेष'
ज़रा पानी

⁕

रमेश 'कँवल'

चले आओ
न अब जाओ

मुहब्बत है
तो मुस्काओ

मेरे सँग़ तुम
हँसो गाओ

सलीक़े से
उसे पाओ

उसे पा कर
न इतराओ

सियासत से
तो बाज़ आओ

ग़ज़ल क्या है
न समझाओ

⁕

रवि खण्डेलवाल

ग़नीमत है
हरारत है

नहीं ज्वर की
शिकायत है

मिली यम को
ज़मानत है

अभी बाक़ी
शराफ़त है

नहीं सपना
हक़ीक़त है

भला किसकी
शरारत है

अमानत में
ख़यानत है

✳

विकास सोलंकी

ग़लत हो तुम
सही हैं हम

फक़त झगड़ा
यहाँ हरदम

कठिन जग में
अगम आगम

पलक-सा है
क्षणिक संगम

समझ पाया
कहाँ आदम

यहाँ रहते
अधम-उत्तम

जगत है बस
निगम-आगम

चलन में है
विरल तत्सम

विसारो मत
मुझे प्रियतम

✳

विज्ञान व्रत

तपेगा जो
गलेगा वो

गलेगा जो
ढलेगा वो

ढलेगा जो
बनेगा वो

बनेगा जो
मिटेगा वो

मिटेगा जो
रहेगा वो

✻

शरद रंजन शरद

रचा करना
गढ़ा करना

रहे जग ये
दुआ करना

पता उसका
पता करना

सच आँखों में
भरा करना

सभी का हक़
अदा करना

न मंज़िल बिन
चला करना

'शरद' कुछ तो
बड़ा करना

✻

शुचि 'भवि'

उठो तड़के
रहो बढ़ते

सभी से यूँ
नहीं लड़ते

समय हो गर
चलो पढ़ते

हमेशा क्यों
सही लड़के

कमाई बिन
सभी कड़के

पके जो फल
स्वयं झड़ते

न 'भवि' देखा
तुम्हें अड़ते

शुभचन्द्र सिन्हा

चले जाना
मगर आना

निशाँ बाक़ी
मिटा जाना

कहे दुनिया
न अफ़साना

मुहब्बत को
ख़ुदा जाना

वफ़ा हमको
न समझाना

सुकूँ से घर
जला जाना

चिराग़े-दिल
बुझा जाना

हिमकर श्याम

उधर का था
न दर का था

परिंदा किस
शजर का था

वो टुकड़ा तो
जिगर का था

मुसाफ़िर इक
सफ़र का था

फ़क़त धोखा
नज़र का था

सहारा बस
हुनर का था

चला 'हिमकर'
जिधर का था

मुतक़ारिब / फ़ऊलुन

✳

अमित 'अहद'

तुम्हारे
इशारे

कि जैसे
शरारे

तुम्हें दिल
पुकारे

हैं तुम से
नज़ारे

तुम्हारे
सहारे

हैं रौशन
सितारे

कभी हम
न हारे

'अहद' चल
किनारे!

✳

अरविन्द असर

जवानी
दिवानी

कहानी
पुरानी

बची है
निशानी

सुनूँगा
ज़ुबानी

पड़ेगी
पिलानी

'असर' की
बयानी

✳
असग़र शमीम

मुहब्बत
अदावत

हमेशा
शिकायत

है दिल में
बग़ावत

नहीं अब
है राहत

खड़ी है
क़यामत

है गन्दी
सियासत

✳
अस्मा सुब्हानी

कहा क्या
सुना क्या

मेरा ख़त
पढ़ा क्या

बुरा कुछ
लगा क्या

बता तो
हुआ क्या

कहीं कुछ
गिरा क्या

ये दिल बुझ
गया क्या

जला दूँ
दिया क्या

✻

आनन्द पाण्डेय तन्हा

गिरेंगे
उठेंगे

मुसलसल
चलेंगे

गुलों से
खिलेंगे

हवा से
बहेंगे

सभी से
मिलेंगे

ग़ज़ल ही
कहेंगे

न तन्हा
रहेंगे

✻

ए. एफ़. नज़र

सुकूँ भी
जुनूँ भी

डरूँ भी
लड़ूँ भी

गलूँ तो
बहूँ भी.

सुनो तो
कहूँ भी

कहो तो
रुकूँ भी

✳

कालजयी घनश्याम

ख़ता है
सज़ा है

फलों से
लदा है

शजर क्या
सजा है

सभी को
दिया है

नहीं कुछ
लिया है

हमेशा
झुका है

उसे सुख
मिला है

✳

डॉ. आनन्द किशोर

डगर क्या
सफ़र क्या

ग़लत है
ख़बर क्या

हुआ है
असर क्या

जले हैं
नगर क्या

उड़े थे
शरर क्या

कटे हैं
शजर क्या

गिरे हैं
समर क्या

कोई है
कसर क्या

नहीं है
बशर क्या

✳

डॉ. कविता विकास

कहा है
किया है

निभायी
वफ़ा है

मुहब्बत
सज़ा है

बड़ी हर
दुआ है

परिंदा
उड़ा है

घमण्डी
गिरा है

यक़ीनन
ख़ुदा है

✳

डॉ. नूतन सिंह

तुम्हारी
नज़र थी

वफ़ा की
डगर थी

नहीं है
मगर थी

वो मुरली
अधर थी

जो धानी
चुनर थी

तू कब से
उधर थी

वो नूतन
किधर थी

✻

डॉ. ब्रह्मजीत गौतम

न हमदम
न प्रियतम

है मौसम
मनोरम

जियेंगे
मगर हम

नयन क्यों
हैं पुरनम

करें कुछ
उपक्रम

है बारिश
झमाझम

बदल दें
ये आलम

✻

धर्मेन्द्र गुप्त 'साहिल'

दवा कर
दुआ कर

नदी सा
बहाकर

गया वो
रुलाकर

जिया दुख
छुपाकर

कभी तो
वफ़ा कर

रख आँसू
बचाकर

रुआँसा
निशाकर

न इतना
हंसा कर

✻

धर्मेन्द्र गुप्त 'साहिल'

हवाओ
न जाओ

नई धुन
सुनाओ

न हसरत
जगाओ

गले से
लगाओ

उन्हें भी
बुलाओ

अभी तो
न जाओ

चलो दिल
मिलाओ

हंसो और
हंसाओ

✻

नवीन सी. चतुर्वेदी

रिवायत
हिकायत

परिन्दे
इनायत

समुन्दर
हिदायत

क़सीदे
किफ़ायत

रवानी
रियायत

सहाफ़ी
शिकायत

रफ़ूगर
हिमायत

✳

निर्मला कपिला

कहा क्या
सुना क्या

मेरा दिल
लुटा क्या

न पूछो
मिला क्या

कहा जो
सुना क्या

गया सब
बचा क्या

मिला वह
सखा क्या

है 'निर्मल'
ख़फ़ा क्या

✳

प्रेम रंजन अनिमेष

कहा भी
सुना भी

रहा भी
गया भी

कभी आ
बुला भी

भरे ये
ख़ला भी

जो खारा
खरा भी

लखा और
लिखा भी

कुछ 'अनिमेष'
बचा भी

✳

रमेश कँवल

न चुप रह
न दुख सह

ख़ुशी की
कथा कह

उदासी
अलग रह

नदी हो
चलो बह

पहाड़ो!
न अब दह

सवेरे
की चहचह

बताओ
कहाँ वह

कँवल सुन
ग़ज़ल कह

✳

रवि खण्डेलवाल

बताओ
कहाँ हो

बुला लो
जहाँ हो

न छेड़ो
प्रकृति को

ज़ुबाँ से
दुआ दो

हुआ क्या
बता तो

कहाँ तुम
गये खो

जगा, रवि
न 'रवि' सो

✳
राजकान्ता राज

सुनो तुम
मिलो तुम

सँभल के
रहो तुम

ख़ुदा से
डरो तुम

करम कुछ
करो तुम

मगन मन
रहो तुम

हमेशा
बढ़ो तुम

गगन में
उड़ो तुम

✳
विकास सोलंकी

जलाया
बुझाया

न आया
भुलाया

हँसाया
रुलाया

घटाया
बढ़ाया

नया पथ
बनाया

गिरे को
उठाया

क़दम फिर
बढ़ाया

चला जो
चलाया

पढ़ा जो
पढ़ाया

दुखी को
हँसाया

नयन में
बसाया

✳

विज्ञान व्रत

पढ़ा जो
गुना वो

गुना जो
कहा वो

कहा जो
किया वो

किया जो
हुआ वो

हुआ जो
मिटा वो

मिटा जो
रहा वो

✳

शरद रंजन शरद

क़दम हर
ज़मीं पर

यही दिल
मेरा घर

हूँ फैला
बिखर कर

ये दुख तो
हैं निर्झर

तो उगता
तो ढलकर

है चुप क्यों
पहल कर

'शरद' बस
इक आखर

✳

शुचि 'भवि'

जगाया
सुलाया

बहुत ही
रुलाया

सभी कुछ
गँवाया

नहीं जो
दिखाया

उसे अब
भुलाया

अभी तक
निभाया

बढ़ा गर
गिराया

किसे 'भवि'
हँसाया

✳

शुभ चन्द्र सिन्हा

लगा था
मेरा था

क़दम दो
चला था

गुलों सा
बिछा था

दिया सा
जला था

मगर क्यों
ख़फ़ा था

वफ़ा जब
सिला था

✳
डॉ. सुधा सिन्हा

सुनो तुम
सजो तुम

जिगर में
बसो तुम

कही ना
रुको तुम

अभी तो
रहो तुम

सुधा के
बनो तुम

✳
हिमकर श्याम

छुपा क्या
खुला क्या

बची अब
हया क्या

बशर को
हुआ क्या

ज़माना
नया क्या

भरोसा
रहा क्या

क़यामत
बपा क्या

सदा पर
सदा क्या

ख़फ़ा है
ख़ुदा क्या

है 'हिमकर'
अना क्या

कामिल / मुतफ़ाइलुन

अरविन्द 'असर'

इधर आजकल
बुरे हैं सफल

मुझे याद कर
कभी पल दो पल

मेरे काम में
पड़ी है ख़लल

कहा आपने
यहाँ से निकल

मेरे साथ मत
कोई चाल चल

मेरे शीश पर
तेरे कर कमल

'असर' आ गया
हो गई ग़ज़ल

आनन्द पाण्डेय तन्हा

न अज़ाब हो
न शराब हो

जो न तुम मिलो
तो गुलाब हो

कभी हम मिलें
न हिजाब हो

न जुदा कभी
ये शबाब हो

न सवाल कर
न जवाब हो

जो न साज़ हो
तो किताब हो

हमें रब दिखे
जो सवाब हो

तेरी जुस्तजू
यही ख़्वाब हो

अज़ाब-पीड़ा के चिन्ह, शबाब-जवानी,
सवाब-पुण्य, जुस्तजू-तलाश

✳

ए. एफ़. नज़र

न सताइए
चले आइए

की है दोस्ती
तो निभाइए

कोई गीत है
जिसे गाइए

ज़रा सब्र कर
ग़म उठाइये

न रुकेंगे वो
न बुलाइए

✳

कालजयी घनश्याम

हँसा है कोई
ख़फा है कोई

मेरे प्यार से
जला है कोई

मेरा दिल चुरा
छुपा है कोई

किये कौल से
फिरा है कोई

मेरे प्यार पर
फ़िदा है कोई

मेरे दिल बता
दवा है कोई

उन्हें याद कर
जिया है कोई

✳

डॉ. आनन्द किशोर

तेरी आशिक़ी
मेरी ज़िन्दगी

है तेरी कमी
न कोई ख़ुशी

है रिदा-ए-ग़म
तेरे नाम की

न क़रार था
मुझे रात भी

मुझे भा गई
तेरी सादगी

न दिखी मुझे
है तेरी गली

थे कई शरर
जहाँ राख थी

है नई बला
ये नई सदी

✳

डॉ. कविता विकास

मुझे ताब दे
ख़ुदा आब दे

नहीं फँस सकूँ
वो सराब दे

भुला दे मुझे
न अज़ाब दे

चलूँ फ़ख़्र से
वो रुआब दे

न सवाल कर
न जवाब दे

कभी प्यार से
तू गुलाब दे

भरे ज्ञान जो
वो किताब दे

✻

डॉ. नूतन कुमारी

मेरे मीत रे
करो प्रीत रे

मेरी हार में
तेरी जीत रे

तू ही है मिरा
प्रिय गीत रे

हरी हैं कहीं
कहीं पीत रे

घने जंगलों
में है शीत रे

है अलग-थलग
सभी रीत रे

तू इधर उधर
न जा मीत रे

✻

डॉ. ब्रह्मजीत गौतम

नहीं आर है
नहीं पार है

न बहार है
न ख़ुमार है

कहाँ जा छुपा
मेरा यार है

तेरी याद में
ये पुकार है

जरा सुन तो ले
क्या गुहार है

हुआ तुझ पे दिल
ये निसार है

हुई 'जीत' की
चलो हार है

✳

धर्मेन्द्र गुप्ता साहिल

जो कहा गया
वो सुना गया

मेरा यार ग़म
लो फिर आ गया

वो नसीब है
जिसे पा गया

मुझे दीप सा
वो जला गया

वही खो गया
जिसे पा गया

मेरा हौसला
वो बढ़ा गया

मेरी चाँदनी
में नहा गया

जो चला गया
वो चला गया

✳

नवीन सी. चतुर्वेदी

वही हाल है
वही चाल है

कोई ख़ुश नहीं
कलिकाल है

उसे रोने दे
घड़ियाल है

उसे बकने दे
शिशुपाल है

उसे कम न गिन
भुइँचाल है

उसे जो रुचे
महिपाल है

कोई हल नहीं
ये कमाल है

✳

निर्मला कपिला

न वबाल कर
न सवाल कर

जो हुआ, हुआ
न मलाल कर

मैं जवाब दूँ
तू सवाल कर

जरा मेरा भी
तो ख़याल कर

न किसी से हो
वो कमाल कर

कभी ज़ीस्त को
न निढाल कर

करो दान दिल
को विशाल कर

✳

प्रेम रंजन अनिमेष

कभी थे चले
कई ख़्वाब ले

जहाँ हौसले
वहाँ मरहले

मेरे नक़्शे-पा
मेरे आबले

बुरे हाल में
अभी सब भले

ये सितारे हैं
या कि दिलजले

ज़रा बच के रच
अरे बावले

'अनिमेष' दिल
है तो दर्द ले

✳

रमेश 'कँवल'

मेरे हमसफ़र
मेरी बात कर

न भटक अभी
तू इधर उधर

करो गुफ़्तगू
सरे-रहगुज़र

ये हयात है
बड़ी मुख़्तसर

रहे-इश्क़ है
बड़ी पुरख़तर

कड़ी धूप है
न कोई शजर

है 'कँवल' ग़ज़ल
तेरी पुर असर

✳

रवि खंडेलवाल

न यूँ दिल दुखा
जरा मुस्कुरा

किसे क्या मिला
तू ये भूल जा

हुआ जो हुआ
न करो गिला

किसी और के
न तू पास जा

भले आप यदि
है जहाँ भला

क्या किताब में
है सभी पढ़ा

न तो बात की
न गले मिला

मुझे आप से
सदा प्यार था

✳

विकास सोलंकी

न थकान दो
न गुमान दो

कमज़ोर हूँ
अधिमान दो

चलता रहूँ
वरदान दो

हर मूर्ख को
तुम ज्ञान दो

अपनी स्वयं
पहचान दो

जिससे मिलो
तुम मान दो

सच के लिए
फिर जान दो

तुम हर तरफ़
मत कान दो

दिल की सुनो
मतदान दो

जग को नया
प्रतिमान दो

✳

शरद रंजन शरद

ये पहल करो
नया कल करो

बढ़ीं मुश्किलें
तो सहल करो

वो न रद्द है
कि बदल करो

ये जो आस है
न विकल करो

कहीं सच डिगे
तो सबल करो

न हो जंग फिर
ये अमल करो

हो 'शरद' जो अब
नहीं कल करो

✳

शुचि 'भवि'

न यूँ बात कर
तू इधर उधर

कड़े पत्थरों
पे न शीश धर

मेरे शह्र में
तेरा एक घर

तेरे प्यार में
न रहा असर

है अलग ही 'भवि'
तेरी हर डगर

✳

शुभचन्द्र सिन्हा

न जफ़ा लगे
न वफ़ा लगे

मुझे ज़िन्दगी
ये सज़ा लगे

न बँधी हुई
न रिहा लगे

यही कशमकश
तो क़ज़ा लगे

वो हसीन ग़म
की अदा लगे

कहीं और चल
न जिया लगे

❋

हिमकर श्याम

ग़मे-यार है
यही प्यार है

कभी फूल है
कभी ख़ार है

तेरा साथ है
तो बहार है

न उतर सका
वो ख़ुमार है

मेरे दर्द का
ये हिसार है

ये शिताबियों
का दयार है

मेरी ज़िंदगी
हुई बार है

बचा राख में
न शरार है

तेरी याद का
ये मज़ार है

रजज़ / मुस्तफ़इलुन

✻

अरविन्द 'असर'

रोना नहीं
खोना नहीं

तुम बेवफ़ा
होना नहीं

ख़ाली यहाँ
कोना नहीं

हाथों में अब
दोना नहीं

तुम देर तक
सोना नहीं

जो दाग़ हैं
धोना नहीं

जादू 'असर'
टोना नहीं

✻

आनन्द पाण्डेय तन्हा

पाकीज़गी
अच्छी लगी

उल्फ़त वही
रातों जगी

कुर्बान है
मां है सगी

कविता वही
रस में पगी

दिल की लगी
या दिल्लगी?

ज़ाहिर न कर
दीवानगी

चादर पहन
कबिरा-तगी

✳

ए. एफ़. नज़र

अच्छा है तू
जैसा है तू

मेरा ही तो
हिस्सा है तू

मेरा नहीं!
किसका है तू

क्या सोचता
रहता है तू

अच्छा हूँ मैं
कैसा है तू

क्या बात है
रोता है तू!

✳

कालजयी घनश्याम

करतार तुम
ग़म-ख़्वार तुम

इस पार मैं
उस पार तुम

ख़ुशियों के हो
उपहार तुम

अब हर तरफ़
दरकार तुम

चाहें जो सब
त्यौहार तुम

भक्तों की हो
दस्तार तुम

नैया की हो
पतवार तुम

अब ले न लो
अवतार तुम

घनश्याम जी
सब सार तुम

डॉ. आनन्द किशोर

जो मिट गया
इक ख़्वाब था

ग़म से मेरा
है वास्ता

कुछ खो गया
कुछ पा लिया

वो था नशा
इक रात का

पीछे है जो
था भागता

अब ज़ीस्त है
बुझता दिया

ख़ुद पे यक़ीं
हो जीत का

कोई नहीं
है आपसा

जब प्यार है
संसार क्या

डॉ. कविता विकास

तकरार कर
पर प्यार कर

हर काम तू
दमदार कर

श्री का नमन
हर बार कर

सबका सदा
उपकार कर

अच्छाई की
जयकार कर

गर हार हो
स्वीकार कर

घर का चमन
गुलज़ार कर

✳

डॉ. नूतन सिंह

होने लगी
नज़दीकियाँ

बढ़ने लगीं
दुश्वारियाँ

चल अब बजा
मत चुटकियाँ

सुन्दर बहुत
हैं क्यारियाँ

ससुराल क्या
बिन सालियाँ

उड़ती रहें
यूँ तितलियाँ

ला दी बलम
ने साड़ियाँ

बच्चों की हैं
ये टोलियाँ

'नूतन' बजा
मत सीटियाँ

✳

डॉ. नूतन सिंह

सच बोल तू
मत डोल तू

बनता है क्यों
बकलोल तू

चल उड़ कहीं
पर खोल तू

अब खा नहीं
हिचकोल तू

नाहक़ बजा
मत ढोल तू

अमृत ज़मीं
पर घोल तू

हर चीज़ से
अनमोल तू

✳

डॉ. ब्रह्मजीत गौतम

सार है
इक भार है

तकरार है
चीत्कार है

छल-छद्म का
बाज़ार है

जिससे मिलो
मक्कार है

हर फूल में
इक ख़ार है

दिखता नहीं
उद्धार है

बस झूठ ही
पतवार है

✳

धर्मेन्द्र गुप्त 'साहिल'

क्या शायरी
है ज़िन्दगी

क्या दोस्ती
क्या दुश्मनी

अब रौशनी
भी तीरगी

खिलने लगी
मन में कली

कुछ रोज़ की
दीवानगी

मेरी ही तो
दुनिया लुटी

होता न अब
अफ़सोस भी

छोड़ा मुझे
क्या थी कमी

✳

नवीन सी. चतुर्वेदी

ख़ुशफ़हमियाँ
शहज़ादियाँ

तन्हाइयाँ
बीमारियाँ

नामो-नसब
बैसाखियाँ

बे-चेहरगी
आसानियाँ

दीनो-धरम
गहराइयाँ

आबो-हवा
दानाइयाँ

अहदे-वफ़ा
अल्ला-मियाँ

✳

निर्मला कपिला

बिखरी रही
ये ज़िन्दगी

घर मे है बस
तेरी कमी

आई थी वो
पल भर रुकी

मां बाप की
बेटा छड़ी

दौलत बिना
फाका कशी

हलधर करें
क्यों खुदकुशी

हर सू यहाँ
धोखाधड़ी

दायम नहीं
ये ज़िन्दगी

कुछ तो ख़ुदा
दे अब ख़ुशी

✳

प्रेम रंजन अनिमेष

पानी रहे
बानी रहे

धरती यूँ ही
धानी रहे

रच इस तरह
मानी रहे

कच्ची कहीं
घानी रहे

कोई ख़बर
आनी रहे

होकर भी सब
फ़ानी रहे

'अनिमेष' गुड़
धानी रहे

✳

रमेश 'कँवल'

चल बात कर
ना हक़ न डर

इतरा न तू
कुछ बात कर

घुसपैठिये
हैं देश भर

आओ रखें
इन पर नज़र

सब कुछ नहीं
आकाश पर

धरती को तू
बंजर न कर

पत्थर चले
हनुमान पर

महँगाई ने
तोड़ी कमर

सूरज कँवल
जलता नगर

✷

रवि खण्डेलवाल

इस हाथ दे
उस हाथ ले

रिश्ता न रख
अनजान से

दिल में कई
अरमान थे

कह दी ग़ज़ल
क्या आप ने

रोओ न अब
अंजाम पे

भोले बहुत
हैं यार ये

'रवि' मतलबी
किस काम के

✷

विकास सोलंकी

आज़ाद है
बर्बाद है

जो बट गया
नाशाद है

दुख आपका
अपवाद है

अपना चमन
आबाद है

बस झूठ से
प्रतिवाद है

अब बंद क्यों
संवाद है

आँसू ख़ुशी
अनुवाद है

जो डट गया
फ़ौलाद है

✳

शरद रंजन शरद

अपना जहाँ
खोया कहाँ

कैसी ये रुत
ख़ाली ख़िज़ाँ

इनसानियत
है याँ न वाँ

देखो ख़ुदा
आकर यहाँ

जो कुछ लिखा
सच का बयाँ

सूरज अभी
किस जा निहाँ

कुछ तो 'शरद'
है ना में हाँ

✳

शुचि 'भवि'

है अधखिली
प्यारी कली

चाहत सदा
होती दिली

उससे ही तो
महके गली

चादर कहाँ
अब मख़मली

क्या दूध से
वो भी धुली

बातें करें
सब थुलथुली

रोको उसे
'भवि' तो चली

✻

शुभचन्द्र सिन्हा

हम रात भर
जागे मगर

आया नहीं
वो लौट कर

अब वो कहाँ
शामो सहर

ख़ुशबू से जब
थे तर ब तर

उजड़ा हुआ
दिल का नगर

वो देखता
बस आँख भर

रक्खी बिछा
हमने नज़र

नाम	- प्रो.डॉ. सुधा सिन्हा
जन्म तिथि	- 16 फरवरी
शिक्षा	- एम ए, पीएच. डी
पुरस्कार	- अंतर्राष्ट्रीय महिला दिवस 2021पर पुरस्कृत
सम्मान	- यू जी सी के द्वारा आई सी पीआर (इंडियन कौंसिल ऑफ़ फिलोसोफिकल रिसर्च में) प्रतिनिधित्व के लिए नामित
डिजिटल सम्मान	- 20
प्रकाशित गज़ल संग्रह	- अभी नहीं
पता	- कुमुद इनक्लेव, बी1 कृष्णा निकेतन स्कूल के पास, बुद्धा कॉलोनी, पटना पिन-800001
WhatsApp	- 840 994 0929
मोबाइल	- 834 078 5305
ईमेलआईडी	- sinha.sudha@ Yahoo.com sinhasudha958@gmail.com

इक़रार है
हाँ प्यार है

वो ही मेरा
दिलदार है

उस से ये दिल
गुलज़ार है

आँखों में इक
संसार है

गुरबत में धन
श्रृंगार है

क़र्ज़े में सब
घरबार है

जीवन 'सुधा'
उपहार है

✳

हिमकर श्याम

चुप मत रहो
बोला करो

गर है ग़लत
टोका करो

बे-ख़ौफ़ तुम
आगे बढ़ो

यह जंग है
लड़ते लड़ो

ईमान भी
ज़िंदा रखो

हालात ख़ुद
बदला करो

हर बात पर
मन की सुनो

वाफ़िर / मुफ़ाइलतुन

✳

अरविन्द 'असर'

विचार करो
सुधार करो

हमें भी कहीं
शुमार करो

न जंग कभी
न मार करो

सुनेगा ख़ुदा
पुकार करो

न झूठा कभी
क़रार करो

कभी भी हदें
न पार करो

सभी से यहाँ
दुलार करो

न सर पे जुनूँ
सवार करो

प्रयास 'असर'
हज़ार करो

✳

आनन्द पाण्डेय तन्हा

चराग़ जला
न देख हवा

क़रीब क़ज़ा
पता न चला

न बात बढ़ी
न प्यार हुआ

बुरा न लगे
मज़ाक़ किया

शिकार हुए
शिकार किया

गुनाह करें
मिले न सज़ा

अज़ीज़ बहुत
मगर न मिला

✳

कालजयी घनश्याम

दबा दलिया
उड़ी चिड़िया

है मस्त बड़ी
तेरी पंखिया

ख़ुदा ने तुम्हें
दिया हदिया

ये मान चुकी
बड़ी दुनिया

न हार कभी
तू मान जिया

यहाँ तो बहुत
है छल-बलिया

बनो न कभी
तू बावलिया

बड़ा ये छली
है साँवलिया

✳

डॉ. आनन्द किशोर

है याद तेरी
जो पास रही

थे ख़ुश्क ये लब
थी प्यास बड़ी

ख़िज़ाँ न गई
हैरान कली

उदास रही
जुदा जो हुई

वो सच में ज़रा
जो चीज़ बड़ी

क़यास ग़लत
हुए न सही

वो बात ग़लत
जो सुन के कही

कभी न मुझे
वफ़ा ही मिली

न भूल सका
हूँ प्यार कभी

✳

डॉ. कविता विकास

बहार नहीं
क़रार नहीं

हो धैर्य अगर
तो हार नहीं

अमन की यहाँ
बयार नहीं

प्रयास के बिन
गुज़ार नहीं

कमी ही सही
उधार नहीं

जहाँ में कभी
हो रार नहीं

ये ज़ीस्त मेरी
है भार नहीं

✳

डॉ. ब्रह्मजीत गौतम

मिलीं ख़ुशियाँ
खिलीं कलियाँ

सुकून मिला
बहीं नदियाँ

चिराग़ जले
सजीं गलियाँ

न आये सजन
न लीं सुधियाँ

रुदन निशि-दिन
करें अँखियाँ

करें भी तो क्या
दुखी सखियाँ

ज़मीं पे सभी
गिरीं लड़ियाँ

✳

धर्मेन्द्र गुप्त साहिल

बुझा न जला
वो दीप रहा

मैं टूट गया
मगर न झुका

हुआ न भला
बुरा न हुआ

थी उसमें कभी
अदा ही अदा

कभी तो मिले
दुआ ही दुआ

क्या रोऊँ उसे
जो मिल न सका

सुखन में कुछ
नया न रहा

✳

नवीन सी. चतुर्वेदी

हवा पै न जा
चमन को बचा

हसद से न हार
गुलाब खिला

धमक के बरस
मृदंग बजा

चुराता है क्यों
निगाहें मिला

वो सुनता है सब
रज़ा तो बता

करार न तोड़
बहाने बना

शहद के मुरीद
मिठास बढ़ा

✳

निर्मला कपिला

जो वक़्त गया
न लौट सका

वज़ूद मेरा
धुआं सा हुआ

जुदा जो हुआ
न फिर वो मिला

अदू का है अब
न मेरा रहा

नसीब के बिन
जो चाहा न मिला

था क़र्ज़ जो सिर
फ़क़ीर बना

क़रीब तो रह
न दूर तू जा

पराया था जो
वो अपना बना

सँवारा मुझे
हुनर वो दिया

✳

प्रेम रंजन अनिमेष

ये बाब अजब
किताब अजब

ये इश्क़ भी है
अज़ाब अजब

नज़र में भरे
सराब अजब

रुख़ों ने रखे
नक़ाब अजब

पलक पे छना
है आब अजब

सचाई की आँच
दे ताब अजब

बचा 'अनिमेष'
ये ख़्वाब अजब

✳

रमेश 'कँवल'

करूँ न गिला
जो तू न मिला

कहीं न छुपा
कहीं न गया

मिली न दवा
किया न दुआ

नज़र से गिरा
ये किस ने कहा

सिहर गया मैं
जो उस ने छुआ

जो खिड़की खुली
चली आई हवा

न दिल से निकल
'कँवल' ने कहा

✳

रवि खण्डेलवाल

रुकेंगे न हम
बढेंगे कदम

जिएँगे सनम
ख़ुशी हो कि ग़म

करोगे सितम
चलेगी क़लम

करो न करम
रखो न भरम

ख़ुशी से जिओ
लिया है जनम

रहें न रहें
मिटे न धरम

✳

विकास सोलंकी

न गान मिला
न तान मिला

न आँख मिली
न कान मिला

न आप मिले
न ज्ञान मिला

हर एक तरफ़
अजान मिला

चरित्र कहाँ
महान मिला

न हाथ कभी
कृपाण मिला

उड़ान मिली
न स्थान मिला

ग़रीब यहाँ
किसान मिला

✳

शरद रंजन शरद

जो दिल ने कहा
वो किसने सुना

वही है मेरा
नहीं जो बिका

जो लड़ के लिया
न वो भी बचा

सभी को दुआ
वो दे तो गया

दिखे भी तो कुछ
भले हो छिपा

पढ़ा तो नहीं
लिखा न गया

रुका न 'शरद'
कभी जो थका

✳

शुचि 'भवि'

हवा से डरा
दिया है बुझा

ख़याल करें
मेरा भी ज़रा

गली सकरी
चला कि रुका

न याद मुझे
वो कब था हँसा

न ग़म न ख़ुशी
न कोई नफ़ा

उड़ान बड़ी
जो गिर के उड़ा

कहा जो नहीं
वो 'भवि' ने सुना

✳

शुभ चन्द्र सिन्हा

तबाह लिखूँ
निबाह लिखूँ

ख़िजाँ को सजा
मैं वाह लिखूँ

कटी न वो शब
सियाह लिखूँ

जो साथ मिटी
वो चाह लिखूँ

कभी न मिली
वो राह लिखूँ

जो दिल ने भरी
वो आह लिखूँ

कि ज़ीस्त मैं क्या
गुनाह लिखूँ

✳

हिमकर श्याम

जो दर्द उठा
वो हद से बढ़ा

मैं ढूँढ़ रहा
सुकून-कदा

कहीं न मिली
दवा न दुआ

ख़ुशी भी गई
हुए वो ख़फ़ा

वो चुप ही रहे
न मैं ने कहा

नज़र थी झुकी
न सर ही उठा

ग़ज़ल न हुई
न गीत बना

www.ingramcontent.com/pod-product-compliance
Lightning Source LLC
LaVergne TN
LVHW060131051026
849517LV00007B/2444
* 9 7 8 9 3 9 1 5 7 1 1 3 9 *